AF212206

La verdadera vida de José Hernández

(contada por Martín Fierro)

CAPARRÓS & REP
La verdadera vida de José Hernández
(contada por Martín Fierro)

RANDOM HOUSE

Papel certificado por el Forest Stewardship Council®

Primera edición: noviembre de 2025

© 2025, Martín Caparrós
Casanovas & Lynch Literary Agency
© 2025, Miguel Rep, por las ilustraciones
© 2025, Penguin Random House Grupo Editorial, S.A., Buenos Aires
© 2025, Penguin Random House Grupo Editorial, S.A.U.
Travessera de Gràcia, 47-49. 08021 Barcelona

Printed in Spain – Impreso en España

ISBN: 978-84-397-4598-3
Depósito legal: B-16.294-2025

Impreso en Liber Digital, S. L.
Casarrubuelos (Madrid)

RH45983

I

SUS MENTIRAS

Aquí me pongo a contar
la historia que no quisiera,
la de esa culebra artera
que por contar una historia
me se robó la memoria,
me la cambió toda entera.

Se llamaba José Hernández,
aunque también se llamaba
Pueyrredón, porque alardeaba
de ser un hombre de abajo
y era rico pa'l carajo
más que la reina de Saba.

Su familia era de aquellas
que asaltaron nuestras tierras:
pampas, ríos, bosques, sierras,
todito se lo quedaron
y así nomás lo alambraron
para dejarnos ajuera.

Era bruto espanto verlos:
llegaban con sus soldados
y un papel muy resellado
que decía que eran suyos
esos campos, nuestros yuyos,
nuestro mundo tan amado.

Y había que salir de raje
porque si no te escapabas
ahí mismo te reclutaban
para matarte a trabajo:
de sol a sol en el tajo
por un sueldito de babas.

Era triste andar así,
escapando y escapando;
era triste andar rajando
de nuestro propio lugar:
no saber ande rumbear
si todo lo iban robando.

Así vivimos un tiempo
que se hizo largo, esos años,
tanto gaucho sin rebaño,
tanta china sin comida,
rebuscándose la vida
a fuerza de maña y daño.

Unos se hicieron matreros,
robaban por los caminos;
otros, pobres, sin destino,
se ahogaron en la limeta,
traga y traga, meta y meta,
se hundieron como cochinos.

Otros andaban por ahi
ofreciendo sus servicios;
ni para pagar los vicios
les daba lo que cobraban
y eso que se deslomaban
pa' sacar su beneficio.

Eran como almas en pena:
no podían tener esposa,
rancho, lecho, poncho, losa;
solo su pingo, el apero
y un cuchillo choricero
para defender sus cosas.

Iban de acá para allá,
no tenían dónde parar,
dormían en ese hogar
que son la luna y el cielo;
ningún suelo era su suelo,
ningún solar su solar.

Algunos se resignaron:
se conchabaron y ya
perdieron su libertá.
En vez de gauchos, piones,
los llamaban los patrones:
piones fueron, nada más.

Yo también me resigné,
y me revienta decirlo:
yo soy uno de esos mirlos
que aprendió a vivir en jaula,
aunque después ese maula
me haya enjaulado en su libro.

Tardé, yo sé que tardé:
primero anduve matrero,
después, de puro pajero,
quise hacerme de mujer,
y lo intenté, sin poder
convencerlas, soy sincero.

Todas siempre me decían
tus besos me hacen tintín
pero de besos, Martín,
solo viven los peteros;
vos, como gaucho matrero,
necesitás un botín.

Y botín yo no tenía:
tuve, por tener mujer,
que dejarme convencer
para entrar a trabajar
como pión, y recular
y aprender a obedecer.

Eso fue lo más jodido:
te mata oir esos gritos
de algún porteño esquisito
que te dice andá a hacer esto
y lo otro y eso y lo opuesto
como se manda a un perrito.

Me mató pero lo hice;
todavía no me arrepiento,
aunque a veces creo que miento
cuando digo que hice bien;
no hay día en que no haya cien
veces que pienso lo siento.

En cualquier caso acá llevo
más de veinte años de pión:
la estancia de Pueyrredón
y Hernández se me hizo hogar,
aun si no pude lograr
más que un rancho en un rincón.

Y tenía mi mujercita,
que, pobre, se me murió
pariendo el hijo que Dios
no quiso que nos llegara.
¿Por qué será que es tan brava
la bronca del señor Dios?

De tan brava se parece
a la de cualquier patrón:
que quiere mucho y su don
es muy poco, comparado:
don Dios es tan agarrado
como Hernández Pueyrredón.

Y así era José, les digo,
Rafael Hernández y más:
Pueyrredón, así nomás,
de familia tan famosa
por quedarse con las cosas
y campos de los demás.

Ahí fue que me conoció;
ahí fue que lo conocí.
Cuando él vivió y yo viví
esa vida de las pampas.
Solo que yo, sin la trampa
de ser el dueño de ahí.

El muchacho era gurí,
no tenía doce años
que ya andaba haciendo daños
al personal con sus gritos:
si ya era así de mocito,
cómo sería con más años.

El muchacho se aburría:
una maestra caducada
le enseñaba esas pavadas
que te enseñan las maestras.
Y él quería aprender nuestras
destrezas antes que nada.

Más tarde, cuando decía,
que le enseñó la gauchada
a mover la caballada,
a yerrar, arrear, bolear,
a rastrear y galopear,
era cierto todo y nada.

El muchacho era torcido:
no mentía y sí mentía.
Decía verdá y no decía
que él no era uno de nosotros
sino uno de los otros:
un patrón que se imponía.

Su mundo era esa familia
y sus campos y sus padres.
Entre el frufrú de su madre
y los baguales del tata
se fue formando esta rata
mintiendo que era un compadre.

En su caserón rechuchi
chupaban sus tés ingleses
servidos con entremeses
en la glorieta de flores.
Pa' nosotros, los olores
y la mugre de sus heces.

Se los servían con sonrisas
forzadas aquellas chinas
de trenzas tan argentinas
y polleras de colores,
que el muchacho sin pudores
se comía cual golosinas.

Pero el chico era nervioso,
culo inquieto y se aburría.
La cosa que más quería
era ser el que no era;
entonces ahí a la vera
del fuego atento me oía.

Yo le contaba cositas,
pobre, para distraerlo.
El muchacho, había que verlo,
no tenía catorce años
pero tenía tal tamaño
que al final te hacía temerlo.

Así fue que en esas noches
alrededor del fogón
le fui contando sin ton
ni son algunas historias
y son esas las memorias
que después juntó en montón.

Unas eran de mi vida,
otras no me habían pasado
pero las había escuchado
de mis compadres matreros.
No es más cierto ni certero
lo vivido o lo contado.

Y otras, es cierto, no eran
ni vividas ni contadas;
historias imaginadas
que pudieron suceder,
aunque no es igual poder
que suceder: todo es nada.

El muchacho las seguía
como perro a la carreta:
debía usar una libreta
para anotarlas en bola
porque después ni una sola
se le fue de la chaveta.

Y todas las escribió,
escribiendo que eran mías.
Así me inventó unos días
que más que días eran años:
no me cabe en mis redaños
tanta historia, tanta vida.

Yo no soy nada especial:
soy un pobre gaucho quieto
que se perdió porque el nieto
de un garca sin compasión
quiso buscar el perdón
escribiendo esos sestetos.

Y así me inventó matrero,
gaucho malo, mala gente,
y ahora, por donde intente
andar, alguien dice Fierro
¿vos no sos el gaucho perro
que nunca quiso ir al frente?

Y todo por sus mentiras:
yo no soy ese que él dice.
Por más que rice y que rice
más el rizo y la sonrisa
yo no soy esa repisa
ni esos libros ni esos dijes.

Soy el gaucho Martín Fierro,
el que él se quiso inventar,
y aura les voy a contar
quién era aquel inventor.
Pa' decirles que el honor
es del hombre lo más grande
que acá la verdad me mande,
que no me deje mentir:
ustedes van a sentir
lo que fue este José Hernández.

Ya que él les contó mi historia,
yo les vía contar la de él.
Y la diferencia es cruel:
yo no tengo que inventar
porque pude averiguar
en papeles y relatos
esas cosas, esos datos,
que el hombre quiso callar.
Me va a tener que escuchar
ese rufián pelagatos.

Y pa' contarlo por él,
voy a hacer como si él fuera:
les voy a dar la primera
historia de su vidita
contada como si tuita
fuera contada por él.
La primera, sí, va a ser,
y la primera persona
es la burla juguetona
que este gaucho le va a hacer.

II

MI PRISIÓN

Aquí me tienen, señores,
preso como tantos presos,
que esta tierra sabe de eso
de malpagar a los hombres
que se juegan en su nombre
el corazón y los sesos.

Nunca pensé que mi vida
me trajera a esta prisión
y eso que fue mi visión
la que me hizo prisionero:
así estoy en este agujero,
esprimiendo el corazón.

Llevo días y semanas
encerrado en este cuarto,
puedo decir que estoy harto
pero no sería verdad:
pa' nacer, mi libertad
también necesita un parto.

Mi libertad va naciendo
con cada verso que escribo:
con ellos vivo y revivo
y me siento renacer,
que nadie escapa de ser
lo que le marcó el destino.

O quizá sí, algunos pueden
y lo pagan con sus vidas:
no es que sus carnes heridas
se desgarren y desangren;
es que se mueren del hambre
de olvidar pa' qué vivían.

Pero yo no, y acá estoy
en mi cárcel con ventanas,
donde veo, cada mañana,
la noche volverse día,
el silencio gritería,
cada día una semana.

Es, les confieso, un hotel
donde he venido a esconderme
para conseguir perderme
de esos esbirros sangrientos
que el sátrapa de Sarmiento
ha mandado pa' prenderme.

Es un hotel elegante,
el Gran Hotel Argentino,
que no hay que sufrir sin tino:
no más que lo indispensable.
El resto ha de ser amable,
dulce incluso, incluso fino.

Y como fino ha de ser
—y finos son mis amigos—
me traen, cuando yo les digo,
una finura francesa
que me muestra su fineza
afinándose conmigo.

Suena afinada, la dama,
y sus besos son las notas
y sus piernas son las rotas
melodías que me sedan:
con las sedas que le quedan
se consuma mi derrota.

Pero no hay que hablar de eso:
lo que hace el hombre en la cama
no es cosa que ningún ama
ni ningún amo boquee:
mejor que no se pelee,
por hablar, amo con ama.

Lo mejor del Gran Hotel
está en saber dónde está:
frente a la plaza que da
a la Casa de Gobierno.
Tan cerquita del infierno
me he venido yo a salvar.

Yo sé que acá no me buscan:
no podrían ni imaginar
el valor de acovachar
bajo sus propias narices.
No son estos infelices
gente de mucho pensar.

Así que acá estoy tranquilo:
disfrutando de las vistas,
escondido en plena pista
de estos giles enemigos.
Y tengo, también, amigos
que me avisan si hay revista.

Mientras, escribo y escribo:
cuento la historia de ese
gaucho que, mal que les pese,
conseguirá abrir los ojos
de tantos ciegos y cojos
como la patria padece.

Empeñado en revivir
esa nación que perdimos
escribo de lo que fuimos
pa' escribir lo que seremos.
Sabemos lo que sabemos
pero siempre lo eludimos.

Escribo de Martín Fierro.
Sus historias son verdades;
también son calamidades
de estos tiempos sin razón.
Y si a veces la canción
me sale desafinada,
si alguna copla o balada
la bala una oveja falsa
qué nos importa si calza
p'ayudar en la patriada.

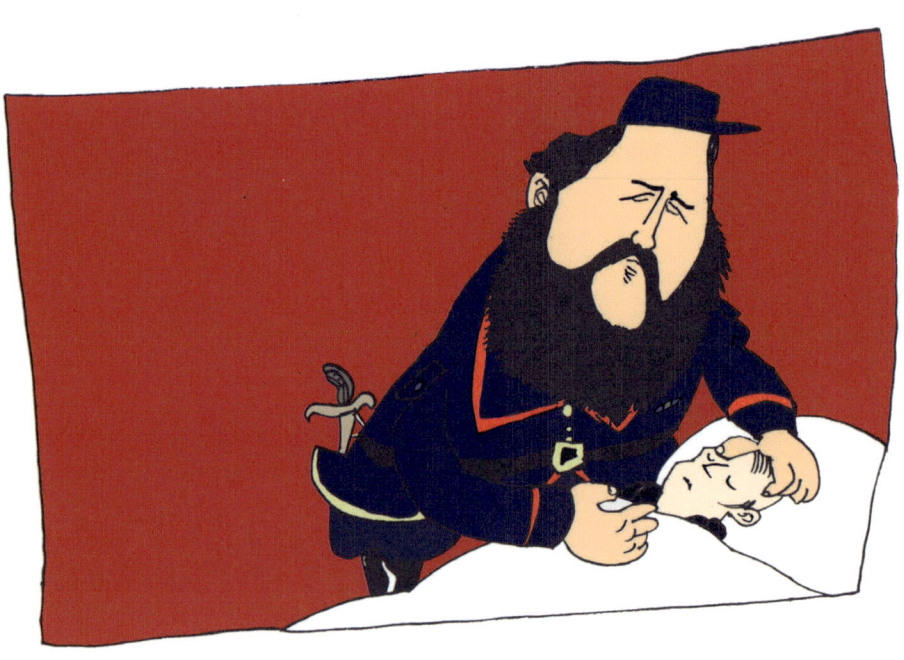

III

MIS PRINCIPIOS

Pucha que era lindo aquello
de no saber un carajo,
de vivir tranquilo bajo
la sombra de esos aleros
y de mis viejos, severos,
pero del más puro cuajo.

Yo nací para contento
de mi mama y de mi tata.
A tantos padres los mata
tener hijos y más hijos
pero yo sé que, de fijo,
lo mío no fue una errata.

Y nací en el treinta y cinco,
tiempos de aquel gran paisano
al que llamaban tirano
por equivocar las cosas:
que don Juan Manuel de Rosas
fue nuestro hombre más humano.

Nunca nadie como Rosas
manejó esta tierra oscura.
Supo tenerla segura
y tranquila, bien maneada,
supo darle a la gauchada
una voz y una andadura.

Y los gauchos lo adoraban;
los petimetres, a veces,
lo criticaban con creces
por tener la mano dura.
Lo llamaban dictadura,
le buscaban los reveses.

Tanto así que hasta mi tata,
pobre viejito querido,
un día se sintió herido
de miedo de la Mazorca
y se creyó que la horca
lo esperaba en este nido.

Así que salió escapado
de acá pa' Montevideo.
También se llevó, el muy reo,
a mi mama sin saber.
No tardarían en volver:
se había equivocado feo.

Yo mientras tanto empecé
eso que llaman la escuela
donde el que no corre, vuela,
pero bajo, como el chancho;
yo, que resulté carancho,
avanzaba a toda vela.

Me enseñaban esas cosas
que te enseñan por si acaso
y han de ser puro bolaso:
historias y geografías,
dibujos y geometrías,
nada para hacerle caso.

Pero también me enseñaron
esas magias soberanas
sin las cuales no hay mañana
ni ayer ni hoy: a leer
y a escribir y a comprender
nuestra palabra cristiana.

Yo tenía nueve años:
ya era un muchacho, o creía
que lo era; no veía
que muy pronto iba a empezar
para mi triste pesar
a serlo en un solo día.

De aquel día no me olvido
aunque mil años viviera.
Yo andaba por la tranquera
en un petiso bandido
cuando sentí el alarido
que arrastró mi vida entera.

Fui al galope hasta la casa:
ahí, mi hermana Magdalena,
siempre tan dulce y serena,
lloraba a moco tendido.
Le pregunté quién se ha ido;
me contestó la más buena.

Ya no debió decir más:
ahí mismo lo entendí todo
y entonces del mismo modo
que ella lloraba lloré:
se me había muerto ese ser
que me lo había dado todo.

EL MOSQUITO

"Con este par de mostachotes me parezco a Bismark."

BISMA

Mi madre muerta, diosito,
¿por qué me hiciste ese daño?
Desde entonces, tan tacaño
te encontré que me costó
volver a quererte yo
como ella te quería antaño.

Nueve añitos, sin mi mama,
mi mundo se había acabado:
ya todo se había pasado,
ya nada sería lo mismo,
en el fondo del abismo
con ella estaba enterrado.

O eso fue lo que pensé,
así fue mi vida entonces:
todo lo que era de bronce
se me volvió pura lata;
fui una llorosa batata
hasta que cumplí los once.

Y ahí, como por encanto,
de pronto todo cambió,
el mundo otra vez se abrió
y se me volvió este mundo
pleno, intrigante, rotundo,
¡la madre que lo parió!

Me mandaron a vivir
con mi tata en una estancia
del Sur que, pa' su ganancia,
le administraba a un pariente:
uno que era, justamente,
don Juan Manuel. ¡Qué elegancia!

Allá en el campo de Rosas
viví mis mejores días:
disfruté la compañía
y lecciones de esos hombres
que habían perdido su nombre:
ya no eran gauchos, decían.

Ellos me decían que gauchos
habían sido y ya no eran,
que aura nomás su manera
era vivir de piones,
esclavos de sus patrones,
siempre con la lengua afuera.

Yo les decía que sí eran:
nadie pierde lo que es;
por más vueltas que le des,
si naciste tal o cual
sería injusto y amoral
que te mueras del revés.

Ellos se me carcajeaban
pero sé que les gustaba
aquel gurí que les daba
el tratamiento de antes:
se sentían como elefantes
en un circo que cerraba.

Así que pasaba horas
y más horas, mate y caña,
escuchando sus patrañas
y sus historias sinceras.
Algunas eran boberas
y otras eran pura maña.

Mas de todas aprendí
y más que nada de algunas,
las que me contaba, ahijuna,
aquel gaucho Martín Fierro
serio y triste como un perro
que le ladrara a la luna.

Sin eso, yo aura sería
una persona distinta;
sin eso no tendría tinta
ni palabras pa' mis versos:
así nació el universo
que mi pluma ya les pinta.

Por eso siempre lo digo,
lo repito y no me canso:
muy burro sería, muy ganso
no aceptar lo que le debo
a ese hombre de donde bebo
casi todo lo que sé
sobre esos hombres de fe
perdida que fueron gauchos
y que aura, pobres caranchos,
quieren ponerse de pie.

IV
LA JUVENTÚ

Los años fueron pasando
como se pasan los años:
en ese silencio huraño
con que te roban la vida
y te dejan sus heridas,
sus daños y sus engaños.

Ya me estaba haciendo grande:
mi tata me dijo, m'hijo
yo no sé, pero colijo,
que usté ha llegado a la edá
en que el charabón se va
a armar su propio cobijo.

Yo, la verdá, ni pensaba
en rajar pa' ningún lado:
ahí estaba regalado,
bien cuidado, bien comido,
bien vestido y atendido
por mi tata y sus criados.

Pero tenía razón
él, como solía tener,
y aunque le pudo doler
mandar su pichón al mundo,
sabía en lo más profundo
que cumplía con su deber.

Y yo también lo sabía:
que un hijo, para ser digno
hijo de su padre, un signo
de que ha sido bien criado,
debe dejar lo pasado
y lanzarse a los caminos.

Así que así me lancé:
no tenía veinte cumplidos
cuando pegué el alarido
y quise hacerme soldado.
Soldado fui, mal pagado,
bien pegado, mal herido.

Era en el cincuenta y tres.
La patria, ya en esos días,
había perdido la guía
de don Juan Manuel de Rosas.
Fulera estaba la cosa:
pobrecita, patria mía.

Yo tenía barba y tenía
un tamaño respetable,
y entonces me volví amable
para chinas, señoritas
y señoras sibaritas
que me buscaban el sable.

Y me costaba, les digo,
mantenerlo así envainado:
aprendí que un buen soldado
tiene que desenvainar
rapidito y sin dudar
en cuanto se ve atacado.

Así puede combatir
y perder, que ahí es ganar.
La pelea que pueda dar
en la batalla amorosa
le traerá la paz honrosa
de triunfar y no triunfar.

Fueron dulces esos años:
de repente descubrí
que es propio del colibrí
picotear de flor en flor.
Los feos hablan del honor
porque nadie les da el sí.

A mí me lo daban mucho
y a veces tuve problemas.
Tuve que inventarme un lema
que decía "mejor poco:
para no volverse loco,
la leche no, solo crema".

De mientras, con la soldada
vivía y con los soldados
convivía sin pecado.
Nomás por leer y escribir
pronto pude dirigir
a veinte o treinta matados.

Porque me hicieron teniente:
a mí, que de hacer la guerra
sabía igual que cualquier perra
defendiendo su camada:
si no sirve la ladrada,
hay que hacer temblar la tierra.

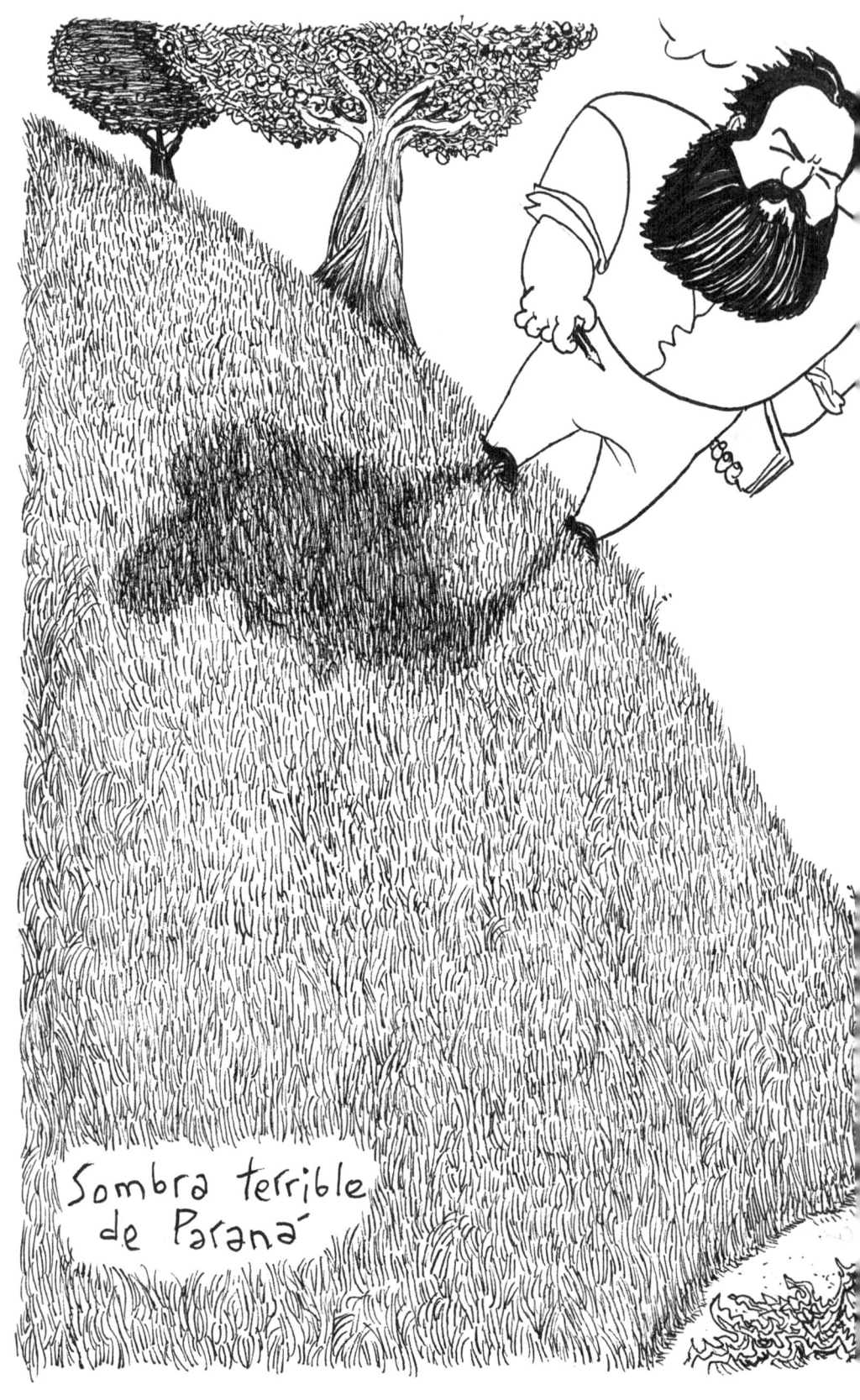

Sombra terrible de Paraná

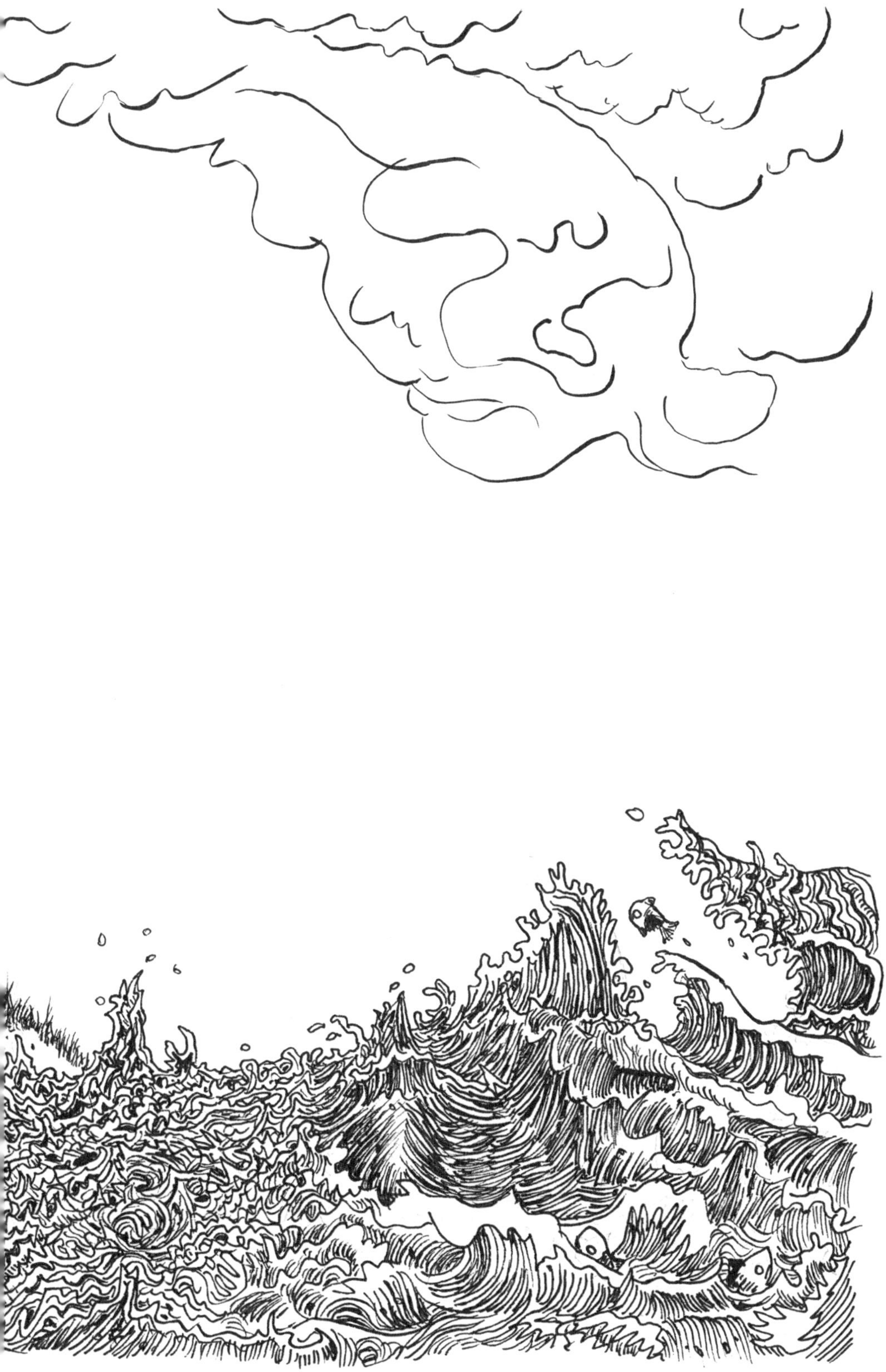

Pero no me duró mucho
la jineta de teniente:
donde hay un hombre impaciente
de poco sirven los cargos.
Fue que un capitán amargo
se quiso reír de mi gente.

Y a mí me gusta reírme
de lo que yo mismo elijo.
Está por nacer el hijo
de puta que se me ría.
Esa es mi felosofía
y la aguanto bien de fijo.

Se lo dije al pelandrún
y el pelandrún no entendió.
Mire, si le explico yo,
se lo explica mi cuchillo,
y así le va viendo el brillo
al rayo que lo mató.

El pelandrún contestó:
era un tipo testarudo
y me dijo que de mudos
estaba la tierra llena;
que él hablaba y que mi vena
le sobaba el repeludo.

Así que no hubo remedio:
nos trenzamos en un duelo
de filo y punta; el mochuelo
cayó herido y a mis pies.
Yo ni quise, aquella vez,
saber si se había ido al cielo.

El que tuvo que volar
más rápido que un tornado
fui yo, que fui denunciado
y me tuve que rajar.
Así dejé mi lugar
y mi puesto de soldado.

Y la ciudad y las cosas
de mi vida hasta esos días:
de pronto, sin compañía,
tuve que salir huyendo.
Si lo hubiera hecho queriendo
tan justo no me salía.

Yo, porteño como soy,
o casi porteño al menos,
no quería seguir en Buenos
Aires que son más bien malos:
cansado de tantos palos
quise vivir más sereno.

Así fue como me fui
a parar a Paraná.
Para trabajar allá
también me busqué otro oficio:
colgué el fusil y otros vicios
y me dediqué a contar.

Y allá me tienen, amigos:
partido y no muy partido,
querido y no muy querido;
desterrado en Paraná,
instalado para ná,
perdido y no muy perdido.

Ahí me quedé, me gustó
el aire de pueblo chico.
Éramos pocos; los ricos
manejaban el cotarro
y los demás, en el barro,
chapoteaban como cuicos.

Desde entonces, esto hago:
redacto, escribo, compongo
con mi pluma, mi porongo,
quejas, denuncias, debates,
todo lo que acá me late
y no lo dice ni Mongo.

Así trabajé en mil diarios
o al menos mil parecieron
unos pocos sí me dieron
alguna satisfacción;
los demás, sin corazón,
con razón o bien sin ella
murieron la muerte bella
de los diarios, que es morir
porque no los quiere abrir
ni siquiera una doncella.

V
LA GUERRA

Yo escribía y escribía
en esos diarios que digo
pero también, mis amigos,
tenía por qué pelear:
todo fuera por salvar
la patria del enemigo.

Que atacaba y atacaba:
esos porteños pedantes
intentaban, como antes,
quedarse con el país.
Hubo que darles maíz
a esas gallinas menguantes.

Máiz les dimos, mucho máiz,
y palo y bala y espada;
ya no les quedaba nada
que perder, porque perdieron
hasta lo que no tuvieron:
una buena vida honrada.

Fuimos el noble malón
de Justo José de Urquiza
derrotando en justa liza
y en Cepeda a esos porteños,
que se creyeron tan dueños
y perdieron la camisa.

Es rara la patria mía:
yo quise pelear con Rosas
contra Urquiza y esas cosas
me llevaron a pelear
por Urquiza y a ganar
con él la batalla honrosa.

Y es que Urquiza, que primero
echó a Rosas del país
poco después, en un tris
estuvo de ser echado
por el porteño agrandado
Mitre, vieja meretriz.

Así que entonces Urquiza,
amo y señor de Entre Ríos,
tuvo que meterse en líos,
pa' salvar al interior
de la codicia y furor
del porteño chichipío.

Y yo fui a pelear con él.
Me hice uno más de sus tropas,
llevé con honor las ropas
de ese ejército argentino
que le marcaba el camino
al porteño chupacopas.

Yo era entonces dos personas
y era la misma, peleaba:
con las armas atacaba,
con la pluma defendía
eso que la patria mía
imperiosa me mandaba.

Era linda aquella vida.
Paisanos tan diferentes
llevados por el urgente
furor de cuidar lo suyo.
Del Litoral, Salta, Cuyo
llegaba toda esa gente.

Los unía su misión
y los unía el amor
por su patria y el honor
de rescatarla peleando:
ninguno andaba boqueando;
juntos eran un clamor.

Y no querían más nada
que no fuera defender
esta tierra ande nacer
ya los llenaba de orgullo.
Eran, juntos, el capullo
que nos haría florecer.

Era linda aquella vida
de saber que tenías una
misión: armarle la cuna
a la patria que nacía.
Nunca hubo, nunca habría
misión como esa, ninguna.

Era linda aquella vida
sencilla del campamento:
carne, limetas y cuentos
nos hacían pasar los días,
cuando ninguno sabía
si le quedaban tres vientos.

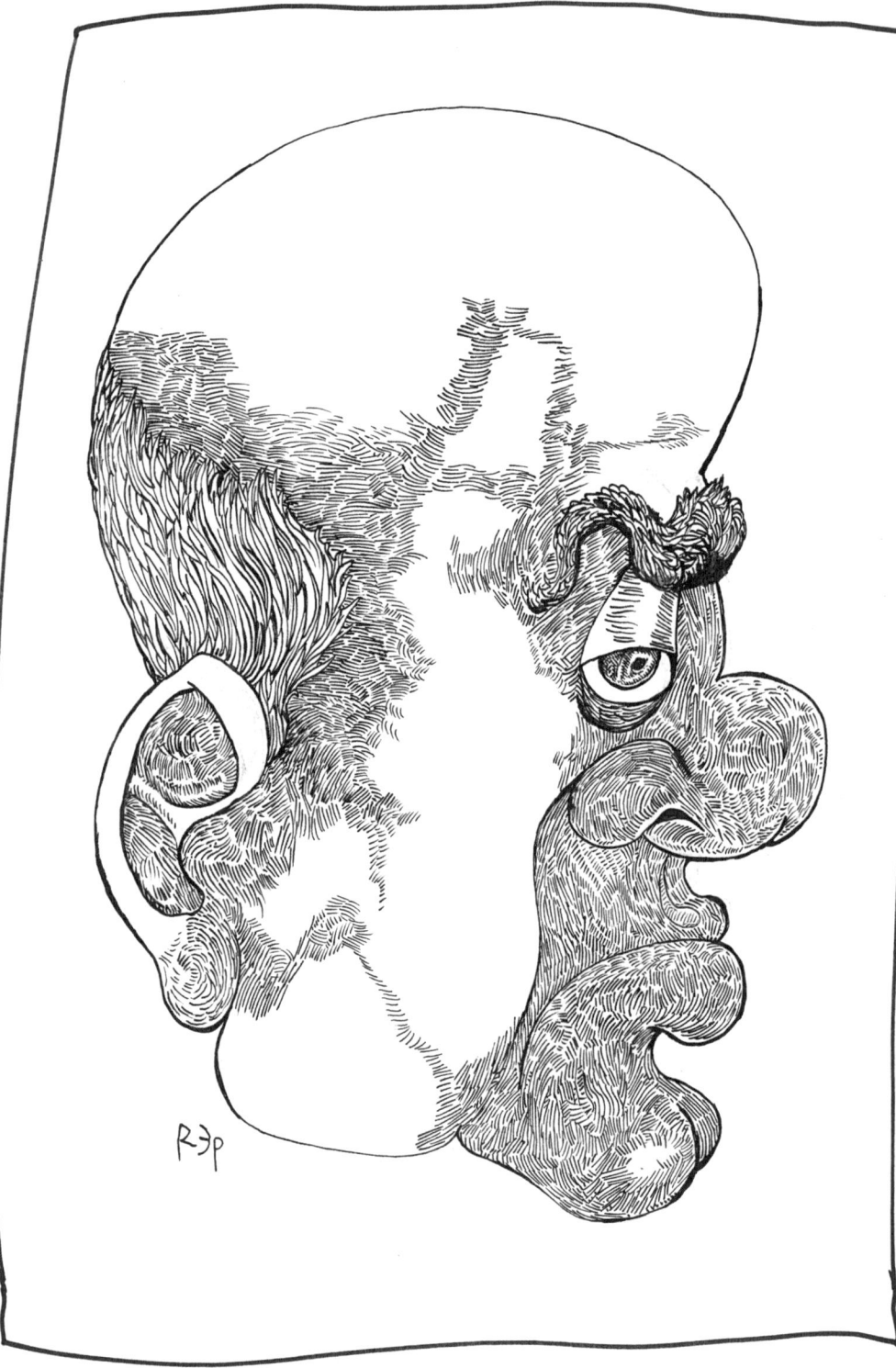

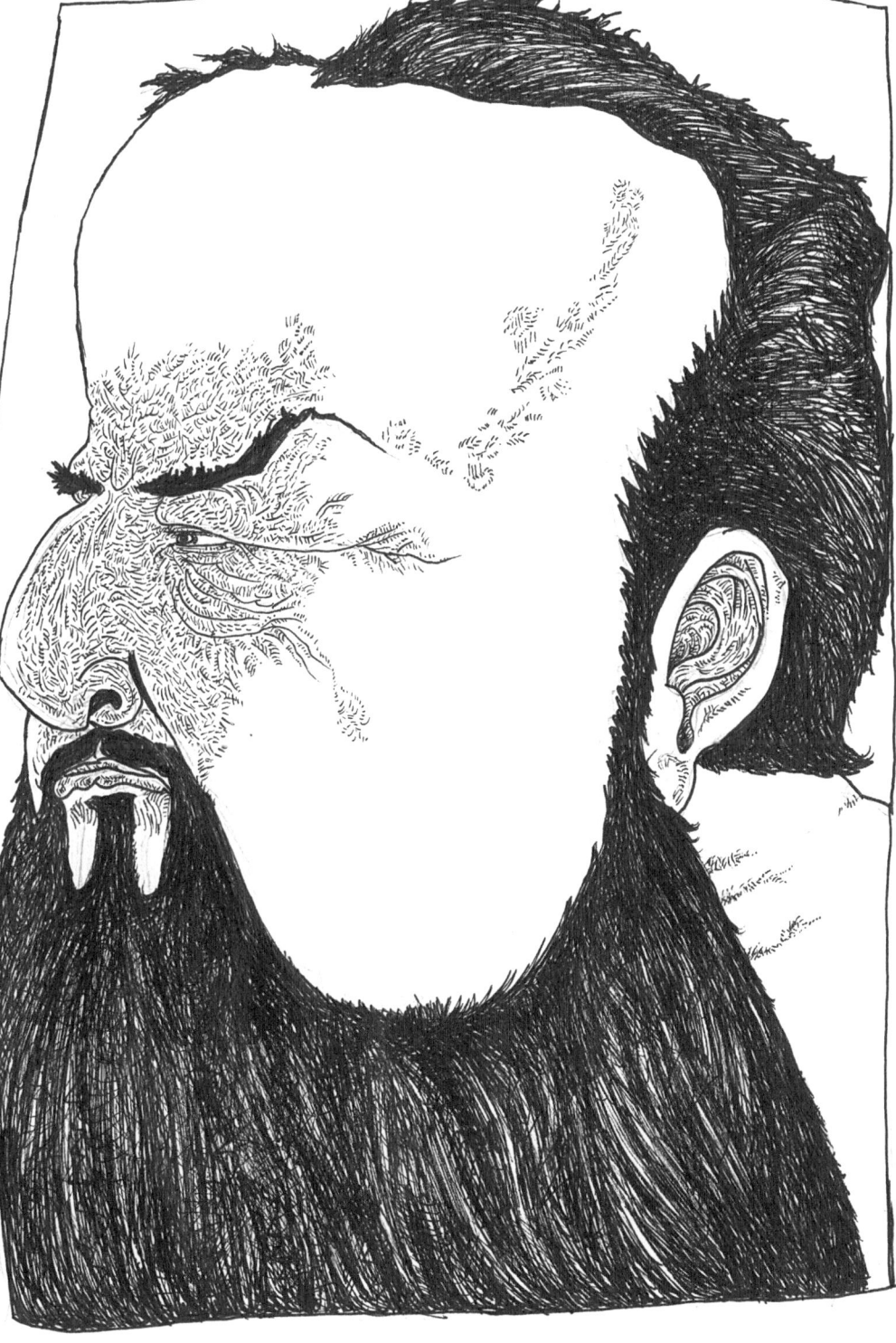

Era linda aquella vida
de malarias y de miedos,
de machos que aura no puedo
ni recordar por sus nombres:
eran hombres esos hombres
más acá de cualquier credo.

Y hasta le aprendí sus cosas
a la guerra y a la muerte.
Por tener, tuve la suerte
de verla pasar de cerca
pero nunca, la muy puerca,
me dijo ya voy a verte.

Nunca dura lo que es bueno:
solo dos años después
los porteños otra vez
atacaron la Argentina
y esta vez sus asesinas
tropas supieron vencer.

O mejor dicho no sé
si supieron o pudieron:
fue muy raro lo que hicieron
nuestros jefes en Pavón,
cuando, en mejor situación,
se agacharon, se rindieron.

Y aura digo nuestros jefes
por no decir que la historia
va a guardar en su memoria
que fue, malhaya, don Justo
el que, por miedo o por gusto,
les entregó la victoria.

Ganaron, en todo caso,
Mitre y todos los demás.
Dijeron que harían la paz
y fue cárcel lo que hicieron.
Así fue que el pais entero
se lo robaron sin más.

Esa era mi vida y no era
vida para señoritas;
no voy a contarles cuitas
voy a decirles, nomás,
que ya no dio para más
esa vida polvorita.

VI

LA FAMILIA

Tenía que cambiar de vida:
aunque no tenemos dos,
si algún plato te da tos
es bueno variar el plato;
si no, de un solo arrebato,
te la arrebata don Dios.

Decidí sentar cabeza.
Debí buscarle una silla
que fuera tal maravilla
que en ella, en vez de mi culo,
pudiera posar los rulos
que adornan mi coronilla.

Y la encontré, qué gran silla:
se llamaba Carolina
y era una chica muy fina,
dulce, tranquila, derecha;
parecía hecha —y bien hecha—
para volverse mi china.

Carolina se llamaba
y González del Solar:
solares había pa' dar
y tomar en su familia;
no habría que pasar vigilias
ni otros modos de ayunar.

Así que me le propuse,
le dije quién era yo:
un pobre tipo que no
tenía pa' mantenerla
pero que quería quererla
como nadie la querió.

Y la pobre me acetó:
se ve que andaba turura
o prefería la aventura
de vivir con un lanzado,
y no un gilún instalado
en la rutina segura.

Mi mama ya se había muerto;
mi tata lo partió un rayo
andando el campo a caballo.
Yo era guacho y como guacho,
pero macho, sí, bien macho
me casé sin más desmayos.

Nos casamos con la pompa
que su padre había deseado:
fue aquel casorio soñado
donde todo estaba bien
salvo ese novio, que cien
otros habrían mejorado.

A veces la quiero tanto
y otras veces me da pena:
yo le traje la condena
de una vida de quebrantos
donde no alcanzan los santos
para sacarla más buena.

Pero sé que ella me quiere
y no siempre se arrepiente.
Alguna vez sí, y me miente
que no por no entristecerme:
es su forma de quererme
mentirme así, como siente.

Nos queremos, está visto,
y quién sabe nos querremos
hasta que la que sabemos
nos separe de repente.
Mientras, llenamos de gente
este mundo que tenemos.

Ya tuvimos, digo ahora
—el año setenta y dos—,
varios hijos, más que dos,
cuatro, y otros que tendremos,
porque hacemos lo que hacemos
con entusiasmo y tesón.

Ella me llama Polilla,
yo la llamo mi Chinita;
ella me llama y me incita
y me rechaza y me llama
debe ser porque me ama
que me susurra y me grita.

Pero no debe el varón
hablar de lo que no debe:
su mujer es como un bebe
que cuidar y respetar.
El hombre debe callar:
a su esposa se lo debe.

Así que me callo y digo
que Carolina González
del Solar no trajo males
a mi vidita; al contrario,
si algo en ella es necesario
es ella, la que sí vale.

Isabelita, Manuel,
Mercedes y Margarita
son hasta acá las cositas
que a mí me endulzan la vida.
Nunca, pida lo que pida,
tendré joyas más bonitas.

Y así pasaban mis días,
en la suave Paraná,
junto al brusco Paraná,
con mis hijos y mi china.
Pero siempre la Argentina
sabe cómo arremeter:
si algo se puede joder,
ella te lo va a joder.
Se diría que su poder
es hacerte no poder.

VII
LA CABEZA

Yo, digo, senté cabeza
pero siempre fue la mía.
Hay otros que las rompían
y otros que las asentaron
—después de que las cortaron—
sobre la punta más fría.

Fueron, dicen, los soldados
del gobernador Sarmiento
los que le ataron un tiento
al gran Chacho Peñaloza
y en medio de aquella choza
lo chucearon irredentos.

Murió el Chacho, se murió
el caudillo más querido,
sin un ruego ni un quejido
espiró ese hombre cabal.
Nunca fue tan animal
la crueldá de esos bandidos.

Y, ya muerto el pobre muerto,
le cortaron la cabeza:
tanto miedo tenían de esa
corona de barba blanca
y de su mirada franca
y de su franca nobleza.

La clavaron en la pica;
la pusieron en la plaza
pa' que todo el pueblo en masa
viera las bestias que eran:
no fuera a ser que creyeran
que eran de su misma raza.

Días más tarde la noticia
se difundió por acá
y también por acullá
y muchos en la Argentina
pensamos esta es la ruina
del gobierno, pero ná.

Ni Mitre ni su Sarmiento
la sufrieron demasiado:
andaban bien instalados
sobre los lomos de gente
que se tragaba, indolente,
las espinas del pescado.

O que incluso las pedía:
les decían que esos muertos
eran el precio más cierto
de la república nueva
y ellos, como viejas huevas,
les aplaudían el concierto.

Yo sobre esto escribí mucho,
pero hice más que escribir:
buscaba cómo salir
de esta espiral asesina
que las armas nos conminan
a buscar, a repetir.

Y no encontré la salida
y empecé a buscar la entrada:
cuando toda la manada
se lanza en turbio galope
no basta gritar al dope
pa' parar la disparada.

Me fui pa' Corrientes para
trabajar en la justicia;
yo no tenía la malicia
que tienen esos señores,
cuando pidieron favores
les entregué mi noticia.

Me fui pa' Rosario para
fundar otro diario nuevo
y proponer el relevo
de la puta capital:
que Buenos Aires, fatal,
dejara a Rosario el juego.

Era una causa perdida
como suelen ser las mías.
En aquellos y estos días
los porteños nunca dudan:
ni con cañones los mudan,
ni entregan su primacía.

Tuve que salir corriendo.
Así andaba yo, en la liza,
mucho grito, poca risa,
cuando llegó la noticia
tan triste como propicia:
que asesinaron a Urquiza.

Urquiza, mi viejo jefe,
padre de los entrerrianos,
gigante de cuya mano
salieron tantas victorias
y esa traición tan notoria
que lo convirtió en enano.

Fueron los que lo mataron
ángeles de la venganza,
que no perdían la esperanza
de encontrar la libertad;
los entendí, la verdad,
y me junté a sus andanzas.

Los dirigía el señor
Ricardo López Jordán;
donde las toman las dan,
decía y buscaba darlas
era muy bueno en las charlas,
no tanto para pelear.

Esa es otra larga historia:
cómo, en esos días sonados,
yo volví a ser un soldado
de la causa federal.
Todo terminó muy mal:
derrotado, desterrado.

Primero me fui al Brasil,
después a Montevideo:
feo fue ese tiempo, feo
era aquello de estar lejos
y extrañar a mis pendejos,
más perdido que un ateo.

Qué triste andaba esos días,
esos meses, esos años,
cuando pensaba en el daño
que a mi familia le hacía;
cuando pensaba en la vía
que nos había separado.
Me sentía desesperado
y así me desesperaba
ser tan débil: nunca acaba
la soledad del soldado.

VIII

EL LIBRO

Así fue como al final,
después de pensarlo tanto,
ya bien curado de espanto
me crucé pa' Buenos Aires:
me trajeron malos aires
de este río sin encanto.

No sé por qué lo pensé:
acá tenía unos amigos
que complotaban conmigo,
que podrían ayudarme
y de algún modo ocultarme
del ojo del enemigo.

El modo fue, tata Dios,
raro, más que raro: raro
y además de raro, caro.
Como ya lo tengo dicho
me encerraron en un nicho
de lujo, el nicho más claro.

De acá, desde mi ventana,
también lo he dicho, se ve
la ventana donde él,
el carnicero Sarmiento
escruta si el escarmiento
ya le llega de una vez.

Y le llegará, seguro,
como le ha llegado a Urquiza,
como llega al que se pisa
la cola si tiene cola,
las bolas si tiene bolas,
y a todo el que lo precisa.

Mientras, yo, desde mi nicho,
voy armando la venganza.
Me he metido en esta danza
por ver si los versos pueden
cambiar las cosas que jieden
más que el grito de las lanzas.

Así, cuando muchos sepan
lo que pasa con los bravos
gauchos que hemos hecho esclavos
de codicia y ambición,
se alzará nuestra nación
en defensa de esos bravos.

Para eso sirve el poema,
para eso mi sacrificio:
debo crear el artificio
que sea más cierto que cierto.
Porque el arte no está muerto
si la verdad es su oficio.

Así que acá estoy, rasgueando
las cuerdas de mis papeles.
Mi vigüela son las mieles
de los ritmos y las rimas;
mi vigüela no escatima
cantarte lo que te duele.

Sé que para hacerlo tuve
que variar mi posición:
yo no soy ese varón
que he llamado Martín Fierro,
pero a nadie meto el perro
si confieso mi intrusión.

No me mueve el egoísmo.
Solo lo hago por su bien
y el de los otros, también,
que sufren su misma suerte.
No esperemos que la muerte
les pegue el tiro en la sien.

Y sí, puede ser verdad
que debería haberlo hecho
alguno de ellos, el pecho
inflamado de verdades,
pero hay ciertas calidades
que no reemplaza el despecho.

No es poeta quien se empeña
en cantar y empoetar:
las musas te han de ayudar
y pa' eso hay que conocer
a las musas y saber
a las musas contentar.

Para eso estamos nosotros,
los poetas de verdad.
Pa' darle a nuestra hermandad
esa voz que necesitan,
las palabras que recitan
sus gritos de humanidad.

Para eso estamos nosotros,
para hablar en su lugar.
Para ayudarlos a hablar,
para darles las palabras
que nuestra patria macabra
les quería secuestrar.
No fue fácil remeter
en un libro tantas cosas:
los lugares y las mozas,
los hombres y sus tormentos,
los facones y los vientos,
las espinas y las rosas.

Todo debía imaginar,
encerrado como estaba:
la mente se me volaba
hacia esas pampas lejanas.
Supe, más de una mañana,
que por ellas galopaba.

Por ellas y para ellas,
en un alazán manchado,
recuerdo de uno, olvidado,
que tuve en mi juventú.
Así, me daba salú
ese mundo imaginado.

Imaginando, lo fui
armando pieza por pieza.
Pronto aquel rompecabeza
se hizo un dibujo caliente,
que me trajo tanta gente
a mis hojas, a mi mesa.

Ahi todos mis personajes
se volvieron mis amigos.
Se la pasaban conmigo
noche y día, sed y ayuno.
No puedo entender que alguno
se me haya vuelto enemigo.

Pero ya basta de cuentos.
Por fin aura sí que puedo
deshacerme de los miedos,
y retemplar y afinar
y aquí ponerme a cantar
al compás de la vigüela,
que al hombre que lo desvela
una pena estrordinaria,
como la ave solitaria
con el cantar se consuela.

IX

SU FINAL

Así empieza, así termina
la historia del señorito,
tan sabiondo cocorito,
José Hernández Pueyrredón,
que tuvo el don y el maldón
de volvernos puro escrito.

Y aquí mismo la retomo
yo, pa' contar las verdades,
que él, con tantas levedades,
consiguió desvanecer:
imaginen qué placer
volver a las realidades.

Su libro salió aquel año,
mil ocho setenta y dos,
y se vendió como arroz
en un asado de chinos:
no quedaba un argentino
que no le oyera la voz.

Dijeron que no era suya,
tantas cosas le dijeron:
que esos versos antes fueron
invento de un oriental
que había, para su mal,
sido su amigo sincero.

Pero el libro iba y venía,
le alababan el estilo,
y aunque fuera que ese hilo
lo haya hilado el uruguayo,
no es un buen bayo un buen bayo
si no lo doman al filo.

Lo compraban, lo vendían,
en todas las pulperías
y aun en las librerías
lo vendían, lo compraban:
dicen que también lo hojeaban
señoras y señorías.

Su libro fue, como dicen,
un suceso estraordinario:
no había juez ni boticario
que no lo hubiera leído;
mucho menos, es sabido,
lo leimos los ordinarios.

Su libro decía en la tapa,
miren si será taimado,
que lo habían fabricado
en la Imprenta de la Pampa.
Más que pampa es una trampa:
trolas de un desvergonzado.

La pampa no tiene imprentas
para poder fabricar
un libro; tiene, en su mar,
vacas, gauchos y caballos
y pícaros papagayos
que nos quieren bolasear.

Su libro fue ventolera
que sirvió para enterrarnos;
fue el modo de prepararnos
un sepelio a toda mona.
El libro fue la corona,
la cruz donde remacharnos.

Todos los que lo leyeron
de repente nos sabían,
de repente nos querían
más que nuestro propio tata;
para no meter la pata
se callaban, pretendían.

Aunque algunos, de verdad,
empezaron a querernos
siempre que pudieran vernos
como Hernández nos contó:
yo tenía que ser el yo
que él inventó en sus cuadernos.

Y lo mismo los demás:
dejamos de ser humanos,
en un zológico vano
pasamos a ser los monos
que, por dos guitas y un cono,
les estiraban la mano.

Ya no éramos nosotros:
de nosotros esperaban
todos los que nos cruzaban
que fuéramos como él
nos pintó con su pincel:
las víctimas que lloraban.

Querían, todos querían,
que habláramos con su aroma.
Que sin más vueltas ni broma,
dijéramos lo que él dijo
que decíamos. De fijo
nos inventó hasta el idioma.

Y así todo lo demás:
las historias, los tormentos,
las alegrías, los lamentos,
el amor y el desamor,
fueran esos que el autor
hizo nuestros sentimientos.

El libro nos resumió:
antes nadie sabía nada;
después, con esa tonada,
Hernández nos definió.
Otra vez se apoderó
el patrón de la vacada.

Otra vez un señorito
nos impuso cómo ser.
Otra vez, para comer,
tuvimos que hacerle caso
y así nos fuimos al mazo
hartos de tanto perder.

Y encima dizque lo hizo,
como dijo tantas veces,
"por nuestro bien", y con creces
se lo creyó tanta gente:
de a uno son inteligentes,
de a mil son como los peces.

Aquí por fin se termina
mi historia de Pueyrredón.
Le reconozco ese don
de contar bien sus historias;
la mía es pura memoria,
la suya es pura invención.

Si hasta me inventó ese cuento
con ese Cruz que inventó:
un traidor que se cambió
de bando en plena pelea.
Diganmé si no es muy fea
la jeta que le dejó.

Pero quizá no fue error
sino cálculo ladino,
al fin y al cabo su sino
fue más o menos así:
él también iba p'ahí
y después cambió el camino.

Él también fue un estanciero
y un patroncito sotreta
meta grito, meta y meta
puteadas a sus piones.
Hasta que mudó sus sones
y se nos volvió poeta.

Ahí empezó a defender
a los que antes explotaba,
como ese Cruz que atacaba
pero después defendió
a ese que nunca fui yo
sino su montón de babas.

El tal Cruz es José Hernández:
pasa tanto, me han contado,
que los cuentos bien armados
sirven pa'que el contador,
sin vergüenza ni pudor
justifique su pasado.

Que cambió nadie discute;
sí habría que descutir
si entre cambiar y seguir
le preferimos que siga
o preferimos que diga
la pifié como un tapir.

Yo le contesto aquí mesmo:
prefiero que haya cambiado,
pero no sé si es honrado
porque pa' cambiar mintió.
La prueba viva soy yo,
el tapir que se ha inventado.

Y sin embargo su invento
—le debo reconocer—
a mí me volvió otro ser
tan distinto del que era.
Era nadie, uno cualquiera,
y aura soy alguien de ver.

Nunca me vino a buscar.
Nunca me trajo el librito,
a mí, que de un solo grito
puedo dejarlo callado.
A mí, que tanto le he dado,
solamente me dio el mito.

Eso es raro: yo sé bien
que no soy ese que dice,
que yo hice lo que hice
y no lo que cuenta él.
Aunque así, siendo y sin ser,
me volví un tipo importante
y eso me gusta bastante
y me rompe las pelotas:
yo soy un viejo con botas,
nunca ese gaucho atorrante.

Pero es tan lindo saber
que tu recuerdo perdura.
Al fin una vida dura
y con tan poco color,
va a tener algún valor
gracias a ese mentiroso
que supo inventar un coso
al que llamó Martín Fierro.
Y yo, que soy medio perro,
y a fuerza me llamo igual,
aura que soy inmortal
me voy a morir del gozo.

EPÍLOGO

El *Martín Fierro* vendió, en su primer año de circulación, hace 150, unos 50.000 ejemplares. Siete años después se publicó su segunda parte, *La vuelta de Martín Fierro*, que también fue un éxito de ventas. Con el tiempo, el poema se convertiría en el Libro Nacional Argentino. Tanto que el 10 de noviembre, fecha de nacimiento de su autor, se celebra en su país como Día de la Tradición. El poeta murió catorce años más tarde, a sus 51, de un infarto, en su quinta de Belgrano, poco después de publicar su otro libro, *Instrucción del Estanciero. Tratado completo para el manejo de un establecimiento de campo.* Fue —y todavía está— enterrado en la Recoleta, el cementerio de la oligarquía porteña, que construyó sus grandes tumbas neoclásicas con el provecho de esos campos que les sacó a los gauchos y a los indios.

ÍNDICE